シルバー川柳

よいしょ どっこいしょ

原田美奈子 著

鉱脈社

立つすわる
一日なんかい
どっこいしょ

まえがきに代えて

題名を何と書こうかと迷っていたら、同じ施設のばあちゃんが
隣席で思わず「よいしょ、どっこいしょ」と立ち上がった。
「これだ」と脳裏を走ったインスピレーション。
題名はこれと決まりました。よろしく。

シルバー川柳
よいしょ　どっこいしょ

ほめられて
へたほど嬉し
川柳かな

生まれてはじめて川柳をつくり一冊の本を出版したところ、あちこちの友人から、いっぱいおほめのことばを頂いた。

まるで子どものように、米寿を目前にして嬉しかった。

〈喰うちゃ寝てテレビをみて昼寝する〉

これじゃ健康になれないと、生きる喜びを見出した自己流ボケ防止法を発見したみたい。

敬老の
日は嬉しいかと
言われたら

何と答えを出すべきか。嬉しいようなかなしいような……。あなたもこの年なってみて、はじめてわかるよ。複雑な気持ちです。

泣き男
泣きたくなるのは
納税者

「泣けばいいのか」子どもじゃあるまいし、血の出る思いで納税したお金を目茶苦茶に使って「すみません」の一言もない。それでも議員ですか、恥を知れ。猛省せよ。

辞職して当然です。

バッジに恥じよ
頭まるめて
はいおわりか

中学生にボウ言をはき、政党除名の罰が重すぎると、へ理屈を言う。反省の心、どこにもなし。情ないネ、恥を知れ。あやまり方を知らない者はバッジをはずしてほしいですネ。

甲子園
投げるも打つも
いのちがけ

投げる　打つ　走る——どの子の顔もすばらしい。生命がけでアタックしていく姿は、これぞ青春。美しい姿だね。ホレボレするよ、バアちゃんも。

従業員
じじばばばかりの
爺婆《じば》産業

道の駅に立ちよったら、従業員は全員高齢者。がんばっているネ高齢者。じじとばばのエネルギー集めて新じば産業という新学説。

（爺婆《じば》産業　地場に非ず爺婆なり）

神《かみ》、佛《ほとけ》
ちゃんと見てるよ
ストーカー

毎日のように若い娘が連れ去られ、殺されているようだね、いたましい。
神さまはちゃんとみておられるよ。あなどるべからず。悪事はすぐにばれますよ。
「悪事千里を走る」このことば、しっかりおぼえておきなさい。

土砂くずれ
日本列島
そうくずれ

今年の雨は異状だネ。こんな大水見たことない。じいちゃんばあちゃん大変だ。自分のことは自分でできるよう今からでも訓練しなければ……。でも力をかして下さいネ、たのみます。

孫のもり
入れ歯はずして
ないないばあ

入れ歯はものをかむだけじゃない。
孫の子もりにピッタシカンカン。
どんなおもちゃより喜ぶの。どこで何が
役立つかわからない。
モグモグパクリ、バアちゃんの口の中、
大きな魚みたい。

あしのどこに
脳ついてるの
おしえてよ

突然の孫の質問に「何のことか」と思っていたら、パスカルのパンセにある「人は考える葦である」という名句の質問だった。誰かにきいたのだろう。

アシは足ではなくて、植物の葦である。人間も弱い存在であるが「考える」ことによって存在していることを強調したものであった。この子も考える子になってきたのか。

良識も
常識もなし
バッジ族

酒のんで車運転。
きたないヤジ。平気でとばす品のなさ。
がっかりしたよ。もう少し、しっかりし
た人選ぼうよ。
これじゃ日本、危いワ。

もういくつ
ねるとあえるの
北朝鮮

親兄弟、家族の情をひきさいて何十年。他人の悲しみわからんか。人間のすることじゃないよ。早く日本に返して下さい。

戦争は
もうたくさんと
声あげよ

戦争は人殺し以外の何ものでもない。正義の為の戦いなんて、何もない。戦争をしらない若者たち、忘れちゃいけない高齢者。

全員の叫びです。

我が家でも
内閣改造
はじめよか

安倍総理が女性の能力をはじめて再評価
してくださった。やっと明治が開けた感
じ。男より百年おくれて夜があけたのネ。
平塚らいてうさん、市川房江さん達、あ
の世で聞かれましたか。先人の努力が今
花開こうとしている。今からですぞ、女
性よがんばれ。
見せかけの女性解放はダメ。全員解放ネ。
本質みつめて前へ前へ進みゆけ。

鮭一匹
投げてやりたい
熊母子《おやこ》

熊もえさが不足している。必死に生きようと里に出てきた熊たち。

もとをただせば人間が彼等の地域に侵入したのだから、彼等の安住の地を創設する義務があるのじゃないですか。

熊たちよごめんネ、強く生きよ、熊たち。

がんばれ。

いとやさし
花のすがおを
みた小みち

敬老の日、豪華《ごうか》な花たばもいいけれど、
初秋のあぜ道にひっそりとさいていた名
もなき花もすてきだネ。金つかわなくて
いいよ、子どもたち。野の花束そえて、
ありがとう。

敬老の日
近づいてきた
亡き母思う

五十四才でガンにやられて天国に行ってしまった母を想う。元気な母だったのに還暦《かんれき》まででも生きていてほしかった。お母さんありがとう、私は八十五才になりました。

赤とんぼ
ぎんやまとんぼ
どこ行った

夕やけ小やけの赤とんぼ。
空いっぱいに群れとんでいた、
ゆたかな自然がなつかしい。
洋服のそでで鼻汁をぬぐい、カパカパに
なった秋の服がなつかしい。

土砂災害
バシャッ！ときたら
どこにげよう

今年の雨降り普通じゃない。
一時間に七〇ミリ以上降ったとか。
一ヶ月分の雨が三日で三〇〇ミリとか。
大変な異常降雨。
地球がこわれそう。

岩の上
建てた新家が
岩ごとすべり

高台の岩の上に建てたつもりの新家屋。

岩ごとすべって大災害。

山ごとくずれた大災害。

地震、雷、火事、大水、土砂災害に原発問題、みんなで力をあわせてのりこえなきゃネ。

寝て起きて
喰うてまた寝る
くらしかな

老後にはいろいろな生活のスタイルがある。かねてから自分の老後の姿を設計し、身体を訓練しておくことである。しかし終わりに近づけば、生かして下さった神様に感謝し、静かにねむることであろう。すべては神様の指示に従うことであろうかネ。

四十匹
ねこをころして
どうする気

四十匹　ねこを殺して　食べる気か。
可哀想に、ないただろう、ネコちゃんよ。
鍋島の「化けねこ」そうどう復活させよ。
他人のいのちを平気でとる奴は許せない。
猫たち、力あわせて皆でかみつけ。

サメに追われ
にげて来たのか
アザラシくん

房総のクジ川にポッカリ浮んだアザラシの子。何だろうと写真家たちがいっせいにシャッターを切る。

おいしい子魚いっぱいたべて大きくなって、北海におかえりよ。

ミイラ取り
ミイラになって
麻薬《ブツ》運び

日本はマヤク天国になっているのか、白い粉。海から空からもってくる。恐しい国になっちゃいけないヨ。若い者、しっかりせい、悪にそまるな。じいちゃん、ばあちゃん頑張って作った日本だよ。頼むよ、若者（ワケモン）。

あの車
ちょいとおかしい
フラフラだ

先生「車には何のませるの」
生徒「ガソリンです」
先生「まちがっても酒のませたらいけません。試験に出ますよ」
生徒「よくわかりました」

台風が
宮崎に立ちよりたいと
言っている

「今刈り入れだ　あとにして」
「そうですか　わかりました」
「頭脳をもった台風ですネ」
「これ以上日本困らせないで」
「わかりました」

運動会
前二人ころんで
ぼくが一等賞

一等賞って気もちいいなあ。
来年もころばんかな。
そんなこと考えたらダメ。
ころんだ友達はさぞかし残念だったろう。

ばあちゃんも
のど自慢出よと
ひまごたち

いつまでも美声は出ないよ。
ひまごたち、
出てみたいなら若いうち。
のどふるわせて歌ってみよう。
ばあちゃんたちの若いときは、
戦争ばかりで歌どころじゃなかったよ。

おたかさん
山動いたよ
御嶽山

土井たか子さん、
ありがとう。お世話になりました。
冥土への旅立ちにも信州の山が動いて見
送った。
衆議院議長の議事さばき立派でしたネ、
すばらしかった。

御嶽山
何が気にいらず
噴火したの

日本名山の一つ、信州の御嶽山
いきなりドカーンと大噴火
きれいな紅葉、花畑
あゝおどろいた　山の神

夫婦げんか
犬もくわぬが
子もくわぬ

「お兄ちゃん　大丈夫？」

「心配いらんよ。すぐ仲良くなるよ」

兄ちゃんの予言ピタリ、戦争もこれくらい早く片付けばいいのにネ。

頭にも
めがねをかけて
目にもかけ

おばあちゃん　目の玉　いくつあるの。
それじゃ　四ツ目小ぞうだよ。
孫達がびっくりじっくり。
遠近二通りのメガネが必要なわけがわかる孫も、ふしぎそうな表情だ。

五十年
よく続いたネ
父と母

もう今度はダメだ。別れるネ。

子供心に何回心配したことか。父の顔、母の顔色をそっとのぞいて子供達は心配したものでした。今は何事もなく二人並んで敬老の席にすわっているけれど。

親の心子知らずじゃないけれど、子心親知らず。まずはよかったね、安心したよ、子供一同。

さびしいネ
彼岸花まで
うつむいて

神戸の小学一年生殺害事件、あまりにひどい。何でバラバラに遺体をきざまねばならないのか。

気ちがいのしわざに非ず。これも人間の本性か。

いがぐりに
トンボとまって
秋日和

長雨、どしゃ降り、土砂くずれ。
今年のつゆは異例づくめ。
とんぼもいがぐりもやっとあうことができて、ホット一息ついたようす。
今年の初秋のスケッチ一句。

雛《とり》一羽
やとって下さい
食堂に

（施設長様へお願い）

高齢看護施設の食堂に軽度の要介護者が
集まって食事をしますが、食後のテーブ
ルの下は大量の食物がおちています。い
ちいちホウキでそうじするよりニワトリ
一羽解き放てば、すぐ片付きます。
ゴハン　ポロポロ、煮豆　コロコロ、
里芋　ゴロリ、ホーレン草　グチャッ、
ニワトリの好物ばかり。
卵をうんでとり鍋にしたら最高。ニワト
リも働きたいと言っている。毎日おそう
じが大変なお姿を見て……。

アベノミクス
第四の矢は
お年玉

年の暮も迫ってくると、子供、孫達の関心は今年のお年玉。物価は少しずつ上がってくるし、親たちの月給は上がらないし。うちあたりはいつも後まわし。

十八才で選挙権もらうのはいいけど、それを理由に子供じゃないから十七才迄とひきさげられたら、お年玉0円だ。どっちがほしいかネ。

結論「どっちもほしい」。

終末は
通りすぎたよ
もう元気

何となく食べたものが途中で引っかかって、違和感あり。お医者様にみて頂くと、逆流性何とかとか。面白い病気もあるものだ。飲んだものは胃袋にストーンと落ちて行くものと思っていたら、そうではなかった。

もう死ぬかと一瞬思ったら、三日もせぬうち治ってしまった。これも加齢によるとのこと。だからカレーはきらい、シチュウがすきよ。

ボケにつける
くすりないかと
さがしたら

特効薬があると言う。
「ボケマス小唄」を持ってきた。いい唄
ですネ、これは。
色気に金気が最高に効く。

仲間はずれの一人ボッチはダメですよ。
オシャレ、手おくれ、しわだらけ。
それでもいいのよ、口が達者なら。

レポートを
五枚書いて
出すように

教職課程の大学生、五枚の長文？　にヘキエキ。レポートの書き方には、昔からそっと教えられたコツがある。誰にも言うな。しっかりまとめてわかりやすくかく。

例、屁《へ》にはプー、スー、ピーの三種あり
　ブーは、その音太けれど、くさからず
　スーは、その音細けれど、臭はなはだし
　ピーにいたりては、時にしくじることあるべし

どうだ、わかりやすいだろう。「うーん」かけるかな。帰納法、エンエキ法、三段論法など、論理学の本をよむといいよ。

ヨウ怪さん
今年もいっぱい
でてきてネ

ヨウ怪は楽しい化け物。ゲゲゲの奇太郎、
とても忘れがたい存在だった。
今年も奇想天外の、愛するヨウ怪が出て
きますように。

手のふるえ
おさえて書けた
書きぞめを

八十六歳の書きぞめをかくことができた。老人性震顫《しんせん》という病を克服して、やっとかいた。うれしかった。文字は「客鳥思故林」。半切の用紙にかけた。うれしかったネ。

あとがき

目がうすくなり、文字も目茶苦茶。こんな原稿をすみません。部屋でジッとしていたら、なお体調をくずしそうだから、何とか書きとめました。

鉱脈社御一同様、ありがとうございます。

著者略歴

原田　美奈子（はらだ　みなこ）（旧姓 玉利《たまり》）

1929年　宮崎県都城市に生まれる。50日目に台湾高雄州に転住
1945年　台湾高雄第一高等女学校卒業
同10月　台南師範繰上卒業
1946年　台湾引揚帰国（宮崎県三股村）
宮崎県北諸県郡三股村勝岡小学校に勤務。以後都城市立上長飯小、沖水小、南小。のち、宮崎小、高岡小、清武小勤務
1948年　日本基督教団都城妻ヶ丘教会で洗礼を受ける
1955年　日本基督教団清水町教会転入
1957年　日本大学法学部卒業
2006年　放送大学教養学部卒業（生活と福祉）
2009年『ギを言う女たち ― おばあちゃんの女性史』刊行（鉱脈社）
2010年『老後は光り輝いて』刊行（同）
2013年『よみがえる心臓 ― 豊かな老後を求めて』刊行（同）
2014年『シルバー川柳　福の神いらっしゃい』刊行（同）

その他
1977年　私立信愛幼稚園副園長
1991年　社会福祉法人のぞみ保育園園長
2008年　同上退職、社会福祉法人大希福祉会理事長
2010年　同上理事長退職

シルバー川柳

よいしょ　どっこいしょ

二〇一五年一月二十九日　初版印刷
二〇一五年二月　六　日　初版発行

著　者　原田美奈子©

発行者　川口敦己

発行所　鉱　脈　社

〒八八〇－八五五一
宮崎市田代町二六三番地
電話　〇九八五－二五－一七五八
郵便振替　〇二〇七〇－七－二三六七

印刷
製本　有限会社　鉱　脈　社

印刷・製本には万全の注意をしておりますが、万一落丁・乱丁本がありましたら、お買い上げの書店もしくは出版社にてお取り替えいたします。（送料は小社負担）